54字の物語 2

怪

氏田雄介　作

武田侑大　絵

PHP
文芸文庫

○本表紙デザイン＋ロゴ＝川上成夫

彼のホラー小説には死後の世界を見てきたかのような妙なリアルさがある。噂ではゴーストライターを雇っているとか。

はじめに

「54字の物語」は、9×6マスの正方形の原稿用紙を使った、1話が54字ぴったり
で終わる超短編小説です。

基本のルールは、2つ。

① 文字数は54字ぴったりに収める

② 句読点やカギ括弧にも1マス使う（「！」「？」の後でも1マス空けない）

ひとつの物語を読んだ後で「どういうお話なのか」「この後どうなったのか」な
ど想像してみましょう。巻末にはちょっとした解説も掲載していますが、物語の解
釈は自由です。

2巻のテーマは「怪談」。意味がわかるとゾクゾクする、54字が織りなす恐怖の
世界をお楽しみください。

目　次

異様に安い物件を見つけた。都心で家賃が月一万円。事故物件ではないらしい。残念だ。仲間が見つかると思ったのに。

「俺様は不死身だ！どんな攻撃でも死なない。お願いだから誰か聞いてくれ！」

荒れ果てた街に男の声が寂しく響いた。

私は絶対に洗脳されないぞ。教祖様に教えてもらったこの呪文を毎日唱えてさえいれば、絶対に洗脳されることはない。

私は訪問販売の営業マン。今日は防犯カメラがよく売れる。昨晩寝る間も惜しんで一軒一軒訪問した成果が出たようだ。

ねえねえ、この殺人事件の被害者、俺と同姓同名だよ。珍しい名前なのにこんなこともあるんだなあ。ねえ、聞いてる？

笑いが止まらなくなるウイルスだって？そんなものを信じているなんて冗談にもほどがあるぜ！わははははははははははははは

大家さんは「お宅の隣には誰も住んでいませんよ」と言うけど、変だな。隣の人は「大家さんは先月亡くなった」って。

温暖化が進み、海も汚染されてしまった。見切りをつけて別の星に移住するしかない。人類は三つ目の定住地を探した。

ある男が呪いの人形を拾ったが、彼の身には何も起こらなかったそうだ。就職も結婚も、あらゆることが、一生、何も。

私のドッペルゲンガーが近所に住んでいると知り、殺すことにした。家を出ようとドアに手をかけるとチャイムの音が。

数年前、角の生えた人間が各地で現れ、調査のために捕獲された。現在私は角のない珍しい人間として監禁されている。

囲碁や将棋では全く勝てなくなったが、このゲームでならまだ互角に渡り合える。さすがは人工知能が考えたゲームだ。

目を覚ますとまだ夢の中で、そこから目を覚ますとまた夢の中で、やっとの思いで目を覚ましたら、まだ夢の中だった。

ホトトギスから武将に抗議文が届いた。

「長時間ずっと監視されている」「過度な期待をされている」

「殺されかけた」

上司から「お前は欠陥品だ」と怒鳴られた。パワハラモードには設定していないのに。この上司ロボも欠陥品だったか。

長いことニュースを見ない間に新しい法律がたくさんできていたらしい。私は今「公然くしゃみ罪」で投獄されている。

「すごい勢いで巨大な竜巻が迫って来ているぞ！早く逃げるんだ！」「ちょっと待って！ピントがなかなか合わなくて」

48

昔からあるボロボロの遊園地。連日大勢の来場客で賑わっていたが、突然の閉園。理由は利用者がいないためだそうだ。

おばあさんが大きな桃を包丁で勢いよく切り「あ、しまった！」と言ったところで、このおとぎ話は終わってしまった。

「ねぇ、今誰かの声が聞こえなかった？

怖い！この部屋何かいるよ！」うん、聞こえてるよ。ところであなたは誰なの？

タイムマシンによって恐竜の絶滅阻止に成功した。元の時代に戻るとトカゲのような顔をした人々が街を闊歩していた。

「うらめしや……」

「呪ってやる」「見

つけたぞ」「お前の

首を……」ちょっと

一度に話しかけない

で!また殺すわよ!

気づくと俺は暗い部屋に紐でつながれていた。出してくれ。言葉にならない声をあげ、壁を強く蹴った。「動いたわ！」

害虫の駆除を依頼さ
れて駆けつけたがど
こにもいない。一面
真っ黒の壁をもう一
度よく見た私は、思
わず悲鳴をあげた。

息は切れ、足はとうに限界を迎えている。最後の力で倒れ込むようにゴールした。

「おめでとう、中間地点突破です！」

「困ったことに従業員がみんな居眠りをしてしまうんです」

「どんなお仕事ですか?」「牧場の羊を数える仕事でして」

面白そうな新作のゲームが発表された。そろそろ地球の育成も手詰まりになって飽きてきたところだし、ちょうどいい。

▷START　　CONTINUE

DATA 1：1999
DATA 2：2022

何度ハズれても三十
年間毎週欠かさず買
っていた宝くじにつ
いに当選した。これ
だけの大金があれば
百万枚は買えるぞ！

文化の違う異星人た
ちとの共同生活には
不安もあったが、す
っかり溶け込めた。
星には強力な溶解液
が降り注いでいた。

今日は親友と森へハイキング。親友はどんどん奥へと進んでゆく。「帰り道はわかるの?」「大丈夫、帰らないからね」

最近宅配便で自宅に大量の虫が届く。音声認識の発達も考えものだ。スピーカーに嬉しそうに喋るオウムを見て思った。

瓶に入れておいた劇薬を、助手がパンに塗って食べてしまったらしい。大きな字でちゃんと「毒」と書いておいたのに。

楽しみにしていた季節が来た。やはり打ち上げ花火は上から見るに限る。死んだことのない人にはわからないだろうな。

こんな生活はもう嫌だ。そろそろ地に足の着いた暮らしがしたい。真っ暗な宇宙空間を漂いながら、一人で涙を流した。

夏休みが明けて、あいつはまるで別人になった。髪は染まり肌も焼け、頭は肥大化し、喋り方も人間じゃないみたいだ。

84

「今日はどのような症状で？」「い、い、い、い、い、い、い、いいいいいい…」死後、彼は医者アレルギーと診断された。

未来が写るカメラによると、一万年後こは海になるらしい。百年後も海だ。一年後も。一日後も。遠くから波の音が。

奇妙な夢を見た。鏡に映る自分自身に腕を引っ張られ、鏡の中に吸い込まれそうになったところで慌てて目が覚めもした。

「嘘をついたら鬼が来るよ」脅しのようだけど、子どもをしつけるにはこれくらい言わないと。おや？誰か来たみたい。

休日だけどやる気は満々。朝から机に向かって明日提出の宿題に取り掛かる。でも始業式までに終わる気がしないなあ。

打ち解けるのには時
間がかかったが、最
近は会話もはずむよ
うになってきた。姿
は見えないが、きっ
といい霊だと思う。

刃物で切られて、バラバラにされて、溶かされて、押しつぶされて、また切られて、ここまで来ました。紙と申します。

ネットのフリーマーケットで懐かしい服が売られているのを見つけた。あの時ちゃんと燃やして海に流したはずなのに。

この小型ドローンが発売されてから、暮らしがずいぶん楽になったもんだ。ドラキュラは蚊を飛ばしてもう一眠りした。

敵キャラの攻撃を全身に受けているのになかなかゲームオーバーにならない。気づけば家の床が真っ赤に染まっていた。

強力な殺虫剤を手に入れた。今までは酸が弱かったがこれは期待ができそうだ。早速地球の雲の上から散布してみよう。

病院のベッドで目を覚ましたが、自分の名前も職業もわからない。近くで誰かの声が聞こえた。「母子ともに健康です」

先日地球に落下した小さな隕石の破片を顕微鏡で覗いてみると、人型の生物がこちらを指差してニタニタと笑っていた。

ネット注文したマッサージチェアが届いたが、すぐに返品することにした。腰掛けていたあの男も付属品だったなんて。

ウイルスに感染して個人情報を抜き取られてしまったようだ。住所も電話番号も自分の名前もさっきから思い出せない。

クラスで一番頭のいい田中くんの答案用紙を完璧に丸写しした。先生のもとには田中くんの答案用紙が二枚提出された。

悪魔に不思議な一万円札をもらった。一枚数が一日ごとに二倍になるらしい。これで今後お金に困ることなどないだろう。

不可解な事件だ。五千人以上いる町民全員が口裏合わせでもしない限り、白昼堂々こんな殺人事件が起こるわけがない。

身を護るために絶対に壊れない部屋をつくった。扉も穴もないので誰も侵入できない。さあどこからでもかかってこい。

遠い昔の火星に文明があったことを証明したのは、考古学者でも生物学者でもなく、火星に降り立った霊能力者だった。

124

数ヶ月前にもらった子犬がすくすく成長している。体重は二倍以上になったし、脚の数も六本、八本と順調に増加中だ。

十年にわたる航海を終えて国に戻ると、自分にそっくりな男が危険な海から還ってきた英雄として人気者になっていた。

台風の目に入ったらしく、さっきまでの雨雲が嘘みたいになくなった。その代わりじっと誰かに見られている気がする。

仲間と共に長い年月をかけて、ついに邪知暴虐の独裁者を倒した。さあ、民衆よ！これからは私の言うことを聞くのだ！

最近は自分の身体を気遣って、塩分を摂りすぎないようにしているよ。うっかりすると、魂がお清めされちゃうからね。

委員長が今日も叫ぶ。「ちょっと男子！　サボらずにちゃんと掃除してよね。まだ北半球に数万人生き残ってるじゃない」

友人が家に遊びに来た。「トイレ貸して」「いいよ」その直後、彼は突然外に飛び出し、ブルドーザーを操縦しだした。

138

今回もテレポーテーションの実験は失敗。自分のコピー人間がまた一人増えてしまった。やれやれまた食費がかさむぞ。

いつも宿題を代わりにやってくれていたあいつが、今日は笑顔でノートを渡してきた。俺の名前で遺書が書かれていた。

「ピーちゃん、おはよう」「オハヨ」

俺も鳥になれたらなあ」「ナッテミル？」

「これで自由だ」

「ココカラダシテ」

夜な夜な、イベントのためにゲームのコントローラーを握る。何があっても毎日。あれ？コントロールされてるのは私？

「先生、最近胸が苦しくて、頭もぼーっとするんです」「では一度深呼吸をしてみてください」「呼吸って何ですか？」

「あれ？今何をしよ
うとしていたんだっ
け？」地下室まで来
たはいいが、全く思
い出せない。手には
包丁を握っていた。

何気なく「暇だなあ」とつぶやくと「一緒にあそぼうよ」とリプライが届いた。私の独り言を盗み聞きしているのは誰？

横になる彼女の指を

そっと拝借し、指紋

認証でスマホのロッ

クを解除した。そし

て私は彼女の指をポ

ケットにしまった。

通行人から盗んだ財布にはたくさんのカードや小銭、そしてお札が入っていた。血の染み込んだ呪いのお札が、大量に。

霊界のインクで書け
ば、こんなふうに人
間には読めない文章
が書けるんですよ。
おっと、例外の人間
もいるようですね。

賞味期限は美味しく食べられる期限のことだから、食べても別に問題ないんだよ。ところでこの瓶の中身は何だったの？

帰宅すると窓に手形がたくさん残っていた。この寒さで曇った窓ガラスに、近所の小学生がいたずらでもしたんだろう。

最近うちの畑がよく荒らされている。カカシは効果がなかったようだ。それにしてもコイツ、こんなに太っていたかな。

「ドンドンドン」さっきからノックが止まらずイライラしてきた。一人暮らしなんだからトイレくらいゆっくりさせろ！

166

リアリティのある見事な演劇だった。女優が刺され血しぶきが上がった直後、急に幕が下りた。唐突なオチだったなあ。

帰宅すると部屋がぐちゃぐちゃに荒らされていた。怯えながら防犯カメラの映像を見てみたが、誰も映っていなかった。

「富士山は静岡のものだ」「いや、山梨だ」「二人ともやめろ。まずは俺たちがあいつらから地球を取り返さなければ」

この街では最近子ども の失踪事件がたくさん起こっている。それと同時に街中で雪だるまを目にすることが多くなった。

スキー場でリフトから降りそこねてしまった。このまま下まで戻っていくかと思っていたら、どんどん上に進んでいく。

「バケツの水をひっくり返したような雨だなぁ」と言っていると雲の上から「いや、タライだよ」と言う声が聞こえた。

神社で二人でかくれんぼをしました。私が「もういいかい？」と言うと「「もういいよ」」と二人の声が聞こえました。

喪服姿の人が長い列を作っている。どこまで続いているんだろう、と辿っていくと一人暮らしの僕の家の玄関に着いた。

見覚えのない女に私は突然連れ去られた。翌日、テレビでは私を育ててくれた母が誘拐の容疑者として報道されていた。

私をオーディション
で落とした芸能事務
所に仕返しをした。
翌日、私はニュース
番組で念願の全国デ
ビューを果たした。

ちょうど五年後の自分が現れて「もっと頑張っておけ」と連日説教する。ある日、パタリと来なくなった。清々したぜ。

私は寿命を正確に言い当てる占い師。さっきのお客さんの寿命は来月だ。今回も外さないようにしっかり準備しないと。

死の直前は時間がゆっくり進むというのは本当だった。ビルから落ち始めて五十年。もう少しで鼻が地面につきそうだ。

192

月を見ると狼に変身してしまう狼男。月面に移住した後は地球を見るたび人間に変身するようになってしまったらしい。

取調べ用のボイスレコーダーの性能が高すぎたようだ。「殺してやる」という何かの声で犯人の声がかき消されている。

驚くほど安い焼き鳥屋の秘密は、材料の原価の安さにあるらしい。こっそりと店の裏を覗くと、囚われた不死鳥が……。

墓参りの行列に並んでいると、一人の男が私を抜かしていった。「並んでますよ」と伝えたが、男はなぜか怪訝そうだ。

盗んだ金庫を開けると、小さな木彫りの猿の像がこちらを見つめていた。あれから一年間、ここを動くことができない。

見たくない広告を視界から消す特殊な眼鏡を買った。快適だなぁと思い町を歩いていると、透明なトラックに轢かれた。

昔から空気が読めないと言われてきた。

社会人一日目。ぼんやり空気中に台詞が見える。そうか、みんな読んでたんだ。

絶対に押してはいけない核兵器のボタンが押されてしまった。ボタンを管理する大臣が元お笑い芸人だったのが原因か。

同居人を殺してしまった。一時間後、突然インターホンが鳴って同居人宛に棺桶が届いた。差出人は空欄になっている。

怪談を百話語り終え

ると怪異が現れると

聞いていたが、最近

の怪異はせっかちら

しい。まだ百話の途

中なのに書が来るなぞ。

〈解説編〉

文頭の数字はページ数を示しています。

3 **幽霊作家**――「ゴーストライター」とは、作者の代わりに文章を書く人のこと。作者本人ではなく、名前も表記されないことから「ゴースト（幽霊）」と言われていますが、本当の意味での「ゴースト」だったとしたら……？ 彼のホラー小説で死後の世界がリアルに描かれているのは、「ゴースト」ライターが、死後の世界で過ごした実体験に基づいて執筆しているからでしょう。

14 **ゴースト・イン・ザ・シェアハウス**――事故などで住人が亡くなった賃貸物件は、「事故物件」として驚くほど家賃が安くなることがあります。事故物件ではいくつもの怪奇現象が起こるといいます。普通の人であればそんな家には住みたくないと思うでしょう。しかし、この物語の主人公は幽霊でした。幽霊にとって事故物件は賑やかなシェアハウス。自分と同類のルームメイトが住む安い物件を探して、不動産屋を巡っていたのでした。

16 不死身の末路——ある男が、地球上でたったひとり不死身の身体を手に入れました。度重なる戦争を生き抜き、どんな病気にも屈することなく何百年、何千年と生き続けますが、人類は次第に減少していき、とうとう彼以外の人類は滅亡してしまいました。永遠の命を得ることに憧れる人もいるかもしれません。しかし、ずっと死なないということは、ずっと独りで生き続けなければいけないということ。彼はあと何万年、何億年、孤独に叫び続けるのでしょうか。

18 洗脳の呪文——誰かに洗脳されないように「洗脳を防ぐための呪文」を毎日唱える主人公ですが、それこそがすでに「教祖様」に洗脳されてしまっている証拠。洗脳されている本人は、洗脳されていることに気づかないものです。

20 深夜の飛び込み営業——昼は防犯カメラの営業マンとして働き、夜は空き巣として悪事を働く男。自分で家を荒らし被害をつくることで危機感を煽り、防犯カメラの売り上げを伸ばすという恐ろしい手段です。住民の間では空き巣被害の噂が広がります。そんな中、ベストタイミングで現れる防犯カメラの訪問販売。一度

"訪問"したことがある家なので、どこから空き巣が入ってくるかの説明にも説得力が増すでしょう。仕事にひたむきなのは良いことですが、決して真似はしないように。

22 同姓同名――自分と同姓同名の殺人事件の被害者の名前をテレビで見かけ、珍しいなと驚いている男。実はこの男はすでに亡くなっていて、テレビで報道されている被害者とは男自身のことなのでした。友人に問いかけてみますが、男はすでに死んでしまっていますから、返事は返ってこなくて当然。彼はいつ自分の身に降り掛かった事実に気づくのでしょうか。

24 感染笑――「感染すると笑いが止まらなくなる」というウイルスの存在を信じず、それを笑い飛ばす男。それにしても笑いすぎでは？　なるほど、すでにそのウイルスに感染してしまっているようです。自分自身がウイルスの存在を証明してしまうなんて滑稽ですね。

26 不確かな住人――大家さんと隣の人、どちらが正しいのでしょうか？　大家さん

28

二度目の移住——人類が住む地球では、温暖化や水質汚染など環境破壊が進んでいます。これに対して、火星への移住なども計画されているようです。ところが、この物語では「三つ目の定住地」と言っています。つまり、すでに地球を脱出して別の星に移住したにもかかわらず、その星の環境をも取り返しがつかないほどに破壊してしまったようです。はたして次の星はどこになるのでしょうか。そして、そこではうまく自然と共存できるのでしょうか。二度あることは三度あると言いますが……。

30

何も起こらない——ある日偶然、道端で「呪いの人形」を拾った男。しかし、彼の身には何も起こらなかったようです。「呪いの人形」ではなかったのでしょうか？　いいえ。この「何も起こらない」ということ自体が人形の「呪い」だった

の言ったことが本当だとすれば、隣に住んでいる人は、いったい誰なんでしょうか。一方で、隣の人の言ったことが本当ならば、話してくれた大家さんは何だったのか、わからなくなってしまいます。どちらが正しいにしても、恐ろしい事実があることに変わりはありません。

ようです。確かに、人生における一番の不幸は、出会いもなく、職もなく、お金
もない。「何もないこと」なのかもしれません。

32 気が合う二人 ——ドッペルゲンガーとは自分とそっくりな姿をした他人のこと。

ドッペルゲンガーに会うとどちらか一方が死んでしまうという言い伝えもあるな
か、自分の命を落としたくない一心で「私」は相手のことを殺そうと考えます。

しかし、家を出ようとした瞬間にチャイムの音が。そう、相手は姿形だけでなく
考え方も全く同じ。相手も「私」のことを殺そうとしていたのです。考えること
が全く同じなら、決着もつかないかもしれませんね。

34 逆転マイノリティ ——突然現れた角の生えた人間は、またたく間に世界中で増え

て、いつの間にか角を持たない人間は自分ひとりになってしまいました。少数派
の人間は、周りから珍しがられてしまうもの。しかし、見た目や価値観は歴史と
ともに日々変化していきます。今、多数派の人々も、いつ少数派になるかはわか
りません。

36 互角ゲーム

近い未来の話。科学技術の発達により、人工知能はついに人間の知能を超え、将棋や囲碁などの対戦ゲームで人間は全く歯が立たないレベルに達しました。そこで、人工知能は人間が生きがいを失わないように、自分たちと人間が互角に戦えるようなゲームを開発しました。生きがいさえも人工知能にコントロールされている人間は、彼らの手のひらの上で踊らされ続けるのでした。

38 夢のマトリョーシカ

朝、目を覚ましたと思ったら、「目を覚ました」という夢を見ていただけでした。その後、ちゃんと目を覚ませばいいのですが、それすらも夢だったとしたら……？　夢の中で何度も目を覚まし続け、永久に夢の世界から脱出することができない、なんてことがあるかもしれません。

40 パワハラ武将

戦国時代に活躍した三人の武将の性格をよく表しているといわれる句があります。織田信長「鳴かぬなら　殺してしまえ　ほととぎす」豊臣秀吉「鳴かぬなら　鳴かせてみよう　ほととぎす」徳川家康「鳴かぬなら　鳴くまで待とう　ほととぎす」ホトトギスの抗議文は、パワハラ（※）とも言えるそれらの句に対するものでした。どの抗議文が誰に書かれたものか当ててみてください。

※パワーハラスメントの略。自分の権力（パワー）や立場を利用した、嫌がらせ（ハラスメント）のこと。

42 欠陥品——「お前は欠陥品だ」と怒鳴ってきた上司が、実はロボットだったという話。設定が「パワハラモード」になっていたわけではなく、どうやら上司ロボット自体が欠陥品だったようです。欠陥品という言葉自体、人間に向かって使って良い言葉ではありませんから、この上司ロボットは相当な不具合が発生していたのでしょう。

44 知らない法律——日本では毎年新しい法律がたくさんつくられています。政治に関心を持っていないと、あなたの知らないうちにとても重要な法律が定められていることだってあるかもしれません。この物語では「人前でくしゃみをしてはいけない」という法律が定められたのを知らなかった人が、外でくしゃみをして刑務所に入れられてしまいます。新聞やニュースでいろいろな情報を目にしていたら、こんなことにはならなかったかもしれませんね。

46 **撮影第一**――命をも脅かす巨大な竜巻が近づいているにもかかわらず、珍しい光景をカメラに収めることを優先してしまった人のお話。確かに大きな竜巻を間近で撮影してSNSにアップすれば、たくさんの「いいね」がもらえるかもしれません。しかし「いいね」よりも大事なものがあることを忘れてはいけません。

48 **「人気」のない廃墟**――ボロボロの遊園地は、もはや廃墟と言っても過言ではないような状況でしたが、連日大勢のお客さんで賑わっていました。にもかかわらず利用者の減少が原因で閉園になってしまいます。では、大勢いたように見えた人は何だったのでしょうか。彼らはそもそも人ではなかったのかもしれませんね。閉園後はさらに人ではないお客さんで賑わうことになるのかもしれません。

50 **NGカット**――おとぎ話『桃太郎』で、大きな桃から桃太郎が生まれたこととはとても有名なエピソードです。しかし、もし「あ、しまった!」の声と共におばあさんが桃を切るのに失敗して、桃太郎ごと切ってしまったら……。想像したくもないですね。

52

何かいる——突然の怪奇現象におびえる声と、それに答える声。普通の友達同士の会話に見えるかもしれませんが、その声は本来聞こえてはいけないはずの声でした。怪奇現象のもととなった何か、そしてそれに驚く何か。少なくとも二人以上の霊がこの部屋には住みついているようです。

54

恐竜の文明——タイムマシンで過去に戻り、恐竜たちを絶滅から救った博士。彼が元の時代に戻ると、高い知能を持つまでに進化した恐竜の子孫たちが、我々人間の代わりに高度な文明を築いていました。どうやら歴史が変わってしまったようです。人間が誕生しなかった世界で、博士はどうやって生きていくのでしょうか。

56

恨まれすぎた女——女性の周りにたくさんの幽霊がまとわりついているようです。さまざまな呪いの言葉を投げかけられていますが、女性は強気に言い返しています。そして最後に「また殺すわよ!」の一言。女性は多くの人を殺してきた、大量殺人犯だったのです。これだけ多くの霊に取り憑かれるのも納得です。

58 命の部屋——気がつくと紐につながれ、暗い部屋にひとり。不安な状況のなか、助けを呼び外に出ようとしますが、うまく言葉が出てきません。理由はお母さんのお腹の中にいる赤ちゃんだから。壁のように思えたのは、お母さんのお腹で、紐はへその緒のことだったのです。

60 虫の壁——黒い壁かと思っていたものは、大量の害虫が集まり張り付いている壁でした。黒い壁に見えたということは数千、数万匹の虫の大群。悲鳴をあげるのも当然です。

62 まだ半分——相当な苦労をしながら、やっとの思いでゴールに倒れ込んだ主人公。ところがそれはゴールではなく、ただの中間地点だったのです。つまり、今までの苦しい思いをもう一度しないとゴールできないということ。肉体的にも精神的にもやられてしまいそうですね。

64 眠れる職場——就業時間内にもかかわらず、どんなに真面目な人でも、ひとり、またひとりと眠りについてしまう不思議な職場。眠れない時は羊を数えると眠れ

る、なんてよく言いますよね。しかし、羊を数える仕事があったとしたらどうで
しょうか。羊を数え続けなければならないのに、数えているとどうしても眠くな
ってしまう。あまりにつらい仕事です。

66 **育星ゲーム**——この地球は、シミュレーションゲームの舞台として誰かに操作さ
れていたようです。しかし育成は手詰まり状態。飽きてプレイをやめてしまうよ
うですが、放置された地球はどうなってしまうのでしょうか。新しいゲームとい
うのはいつだって魅力的ですが、どうか地球をハッピーな状態にしてから次のゲ
ームに移ってほしいものです。

68 **賞金の使い道**——大金を手に入れるためにハズれても買い続けた宝くじ。そし
て、ついに夢の当選を果たしました。せっかく大当たりしたのですが、賞金の使
い道はまた宝くじ。大金を当てる目的は果たしたのですが……目的と手段が逆転
してしまいましたね。

70 **溶け込んだ来訪者**——国が違うだけでも文化が違って溶け込むのが大変ですが、

生まれた星が違う異星人との生活となると、なおさら大変です。実は、その星に降り注ぐ雨は、身体の機能が違う人間にとっては強力な溶解液。雨を浴びるとみるみる身体が溶けてしまいました。違う意味ですっかり異星の地表に「溶け込んだ」というわけです。

72　一方通行のハイキング──ハイキングでは、事前にコースを把握していないと、道がわからなくなって遭難してしまったり、知らず知らずのうちに崖などの危険な場所に近づいてしまったりする恐れがあります。しかし、親友は地図も持たにどんどん奥に進んでいってしまいます。帰り道について尋ねると親友は「帰らない」と言いました。どうやらもうこの世に未練はないようです。帰り道のない、一方通行のハイキングだったのです。

は「すっかり溶け込めた」と言っています。しかしこの人物

74　注文の多いオウム──人間の言葉を認識するスマートスピーカー。ペットのオウムはこれをうまく活用して、自らのエサを勝手に大量注文していました。オウムの喉はさまざまな音を出すことに優れているため、人間の言葉としてスピーカー

が認識してしまったのでしょう。　残念ながら人間やスピーカーよりオウムの方が一枚上手だったようです。

76　毒ジャム──教授が「毒」という漢字を間違えてしまったせいで、「苺」のジャムと勘違いした助手が毒薬をパンに塗って食べてしまいました。　助手も瓶を開けた時点で気づいても良さそうなものですが、不運なことに赤い色の毒薬だったようです。

78　打ち上げ花火、上から見る──打ち上げ花火は、大きいものだと地表から600メートルも離れた上空で開きます。これを上から見ることができるのは、ヘリや飛行機にでも乗るか、空よりもっと上の世界から見るしかありません。たとえば天国とか。天国から見る花火は、きっとどこから見るよりも美しいはず。天国に行った時の楽しみにとっておきましょう。

80　浮遊生活──よく「地に足の着いた暮らし」と言いますが、これはもののたとえであり、本当に地面に足が着いていることを指しているわけではありません。ど

つしりと安定感があり、揺らぐことのない生活を表現する言葉なのですが、この
お話の主人公は本当に地に足が着かない状況にいます。こんなに浮ついた状況で
は、涙も上向きに流れることでしょう。

82　**夏休みデビュー**——夏休みの間にイメチェンを図ってみる、なんて中学生や高校
生にはよくあることですよね。成長期の人は、夏休みの間に身長が伸びて大きく
体型が変わる人もいます。けれども、頭が肥大化して喋り方も人間じゃないとな
ると話は別。宇宙人か何かに身体を乗っ取られてしまったのでしょうか。

84　**診断できない病**——珍しい持病のある患者が病院に診察に来ました。実は病名が
「医者アレルギー」。医者を目の当たりにして、ショック死してしまったようで
す。「卵アレルギー」「猫アレルギー」など、世の中にはさまざまなアレルギーが
あります。もしも本当にこんなアレルギーがあったら、どんなに治したいと思っ
ても、医者に診てもらうことこそが致命傷になる恐ろしい病気ですね。

86　**未来は今**——地形というのは刻々と変わっていくので、今現在、陸地である場所

が一万年後には海になっていてもおかしくありません。でも一年後に海になっていることはさすがにありえないと思うでしょう。ましてや一日後というのは……。しかし、この物語の中では一万年後まで影響するほどの天変地異がまさに「今」起こってしまったようです。

88 **ようこそ鏡の国へ——**「目を覚ました。」の文字が反転していましたね。反転しているのは鏡の中にいるという証拠。つまりあれは夢ではなく、本当に左右が反転した鏡の世界に来てしまったということです。そして鏡に映っていた自分が、もともと自分がいた世界に解き放たれたということでもあります。

90 **しつけのパラドックス——**この保護者は、子どものしつけのために、ちょっとした嘘をついて脅していました。鬼が来る、という嘘をついた保護者のもとに本当に鬼がやって来てしまいます。あれ？　ということは保護者が言ったことは本当になるから、鬼は来ないのでは？　ややこしい話ですね。

92 **四十日分の宿題——**休日の朝から宿題をしているなんて偉いと思いきや、「始業

式までに」ということはどうやら長期休みの宿題のようです。それを休みの最終日から取り掛かろうとするなんて、あまりにも無謀な挑戦。いくら朝から一日かけてやったところで、できる量はたかが知れています。

94 霊見知り──どこからか聞こえてきた姿の見えない声と話すうちに、気がついたら仲良くなってしまいました。その声の主は幽霊のような存在かもしれませんが、幽霊だから悪いやつと決めつけてはいけないですよね。

96 紙の記憶──原材料の木から紙が生まれるまでの工程のお話です。最初は木だったところを斧で切り、バラバラに刻み、薬品で溶かし、機械で薄く伸ばし、カットすると紙になります。今あなたが持っている「本」になるまでには、また切られて、インクを塗られて、折られて、束ねられて……。

98 あの世からの出品──主人公が殺人を犯した後、証拠隠滅のために燃やして処分したはずの被害者の服が、インターネット上のフリーマーケットに出品されていました。その事件を知っている何者かが出品しているのか、もしくはあの世から

出品されているのか……。少なくとも誰かの手に渡る前に落札した方が良さそうです。

100 食料調達マシーン——蚊といえば、人間の血を吸う虫。そして、人間の血を吸う生き物といえばドラキュラ。実は蚊はドラキュラが開発した機械で、これによって血を集めているようです。ドラキュラからすれば、自分で人間を探して吸血する手間が省けて、とてもラクですね。

102 リアルゲームオーバー——攻撃を受けてもゲームオーバーにならず、困惑していると、実はリアルな肉体にダメージを受けていました。人生というリアルなゲームが、ゲームオーバーになってしまったのです。

104 ニュー酸性雨——地球で暮らす人間以外の生き物の中には、人間のことを「生活に害をもたらす不必要な害虫」と思っている、なんてことがあるのかもしれません。地上にうじゃうじゃいる人間の様子を雲の上から見た何者かが、一刻も早く駆除しなければと考えていました。いろいろな殺虫剤を手に入れては、「酸性

雨」として雲の上から散布していましたが、どれも効果が弱く失敗続き。今回は効果があるだろうと手に入れた殺虫剤は、猛毒の酸性雨となって人間たちに降り注ぎました。

106

初めての記憶——気がつくと病院のベッドの上にいて、自分のことが何も思い出せない……といっても、記憶を失ってしまったわけではなく、生まれたばかりの赤ちゃんでした。職業も名前も思い出せないというのは当然で、そもそもまだないい状態なのです。人生で唯一と言っていい、一切の記憶がない状態かもしれませんね。

108

小さな侵略者——地球に降ってきた隕石を調べてみると、そこには一見してわからないくらい小さな、人型の生物の存在が確認できました。指差してニタニタ笑っていることから、人間と同じくらいの知能レベルがありそうです。もしかしたら、地球を征服するためにやってきた生物で、乗っ取りを画策しているのかもしれません。小さいからと侮っていると、とんでもないことになりそうです。一度見失うと、もう一度見つけるのは至難の業、それでいて、人間と同レベルの知的

生命体なんですから……。

110 イメージ写真──通販サイトでマッサージチェアを買ったら、商品だけでなくなぜか知らない男までついてきてしまいました。どうやら、商品のイメージ写真でマッサージチェアに腰掛けていた男性のようです。購入を決めた人も、まさか座っていた男性も含めての商品だったとは考えもしなかったことでしょう。それにしても、座ったまま配送された男性は、どんな気持ちでマッサージチェアに腰掛けていたのでしょうか。

112 脳内ハッキング──パソコンの中から住所やパスワードなど大事な個人情報を抜き取ってしまうコンピュータウイルスは、とても恐ろしいものです。しかしこのお話に出てくるのはコンピュータウイルスではなく、人間の頭から個人情報を抜き取ってしまう、もっと恐ろしいウイルスでした。主人公は名前も消去され、自分のことを何も思い出すことができなくなってしまいました。

114 完璧なカンニング──テストで良い点を取るために、頭のいい田中くんの答えを

丸写しすることを思いついた生徒。写すことに集中しすぎたせいで、氏名の欄まで田中くんの名前を写してしまったようです。その結果、この生徒のテストの答案用紙はなくなってしまい、代わりに田中くんのよくできた答案用紙が2つ生まれてしまいました。

116

円フィニティ——1万円札の枚数が1日ごとに2倍になっていくのが本当ならば、確かに今後お金に困ることはなさそうです。10日も経てば1,024万円という大金になります。1ヶ月で10兆円を超え、3ヶ月も経たないうちに、地球の質量を超えるほどの1万円札が手に入ることになります。しかし、そんな大金をどこにしまっておけばいいのでしょうか。それ以前に地球は、いや、宇宙は無事なのでしょうか……。

118

ありえない事件——どのような状況なのかはわかりませんが、五千人以上いる町民全員が口裏を合わせないと成立しない状況の殺人事件。この警察官はありえないという前提で話を進めていますが、どうやらこれ以外の方法はなさそう。五千人以上の町民が全員で口裏を合わせるということは、背景に大きな闇が潜んでい

そうです。

出口もない部屋——身を護るために、絶対に壊れず侵入する扉も穴もない部屋に引きこもった男。この部屋なら外からいくら攻撃されても傷つけられることはないでしょう。これなら攻撃が収まるまで安全に過ごすことができそうです。とこ
ろで、扉も穴もなく壊すこともできない部屋から、どのように外に出ようとしているのでしょうか？ そんなことに気づかないほど必死になって、彼が何から身を護ろうとしていたのかも気になります。

120

火星の地縛霊——火星は私たちの住んでいる地球に似ている点が多く、生物が存在していてもおかしくないといわれています。ある時、霊能力者が火星に降り立つと、考古学者や生物学者でさえも発見できなかったものが目の前に現れます。霊能力者がそこで見たものは火星人の幽霊でした。

122

何かへの成長——もらった子犬が成長していくにつれて、犬とは思えない生き物に変化してきています。子犬と言って主人公にその生き物を託した人は、この生

124

き物の正体に気づいていたのでしょうか？　もしかしたら、すべてを知っていて
あえて主人公に飼育をさせるため、嘘をついたのかもしれません。

126　名誉泥棒——長きにわたる航海から、やっとの思いで帰ってきた男。きっと国民
たちが大歓迎で出迎えてくれるだろうと思っていましたが、誰も迎えがいませ
ん。恐ろしいことに、自分のフリをした別人が国民から英雄扱いされていたので
した。自分の地位も名誉も、全く知らない人に乗っ取られてしまったのです。

128　台風の目——台風の渦巻きの中心は、雲がなく空洞のようになっています。それ
が目のように見えるため「台風の目」と呼ばれていますが、もちろんものだと
えです。しかしながら、主人公はどこからか視線を感じています。台風が生き物
で目があるとしたら、その場所だけ雨が降らないのは、あなたをジッと見つめて
いるからかも？

130　独裁の連鎖——悪知恵で人々を支配し苦しめていた独裁者に抗うべく仲間ととも
に戦っていましたが、倒したあとには歯向かっていた本人が独裁者になってしま

いました。

132 除霊食——塩分の摂りすぎは病気につながるので、食生活で気にしている人は多いですが、この物語の主人公にはそれとは違う理由がありました。塩には霊や良くないものを浄化して追い払う力があると言われています。お祓いや盛り塩として使われているのを見たことがある人もいるかもしれません。自分が霊なので、浄化されないように塩の摂りすぎに気をつけていたんですね。

134 地球美化委員長——掃除をサボっている男子に毎日のように注意する委員長。ところが彼女は教室を掃除しようとしているわけではなく、地球上の邪魔になった人類を一掃しようとしているようです。そして恐ろしいことに、地球全体の人口約七十億人以上に対して、「北半球に数万人生き残ってる」と言っています。すでに大半の人類は滅亡し、南半球は完全に制圧されてしまったようです。

136 持ち出し厳禁——確かにトイレを貸すことは許可しましたが、丸ごと持っていってしまうなんて想像もしませんよね。この友人は「本貸して」と言われたら本を

丸ごと貸すのと同じ感覚で「貸して」と言っていたようです。

138 失敗ファミリー──今の場所から違う場所に全く同じものを転送するテレポーテーション。ある研究者が自分を転送して瞬間移動する実験をしていました。ところが、実験は毎回失敗。新しいもう一人の自分が違う場所に出現してしまうのです。失敗のたび新しい自分が増えていきますが、コピーとはいえ自分は自分なので放っておくわけにもいきません。増えた自分にもご飯を用意しなければいけないので、たくさんお金がかかってしまいます。心配すべきところは他にもたくさんありそうですが……。

140 最後の宿題──宿題をクラスメイトにやらせていたいじめっ子。ある日、そのクラスメイトから満面の笑みでノートを返されます。中身を確認してみると、自分の名前で遺書が書かれていました。どうやら、自殺に見せかけて主人公を殺す方法を思いついたようです。殺人はもちろんダメですが、他人から恨みを買うような行為もしてはいけませんね。

142 鳥の名は。

──インコの飼い主がふと「鳥になりたい」とつぶやいたところ、インコから「ナッテミル?」とまさかの返事が。その瞬間、身体がインコと入れ替わり、鳥カゴに閉じ込められてしまったというお話です。翼があるのに大空を飛べなかったインコは、晴れて自由の身となったわけです。

144 コントロール──毎晩行われるゲーム内でのオンラインイベントを心から楽しみにしている主人公。どんなに眠くても、どんなに忙しくても、他の大事な予定をキャンセルしてでもゲームが最優先。毎晩時間ぴったりにテレビ画面の前に座り、ゲームの世界に入り込んでしまいます。いつの間にか、生活リズムや人間関係をすべてゲームに支配されてしまいました。ゲームをうまくコントロールしている一方で、自分の生活をゲームにコントロールされてしまったようです。

146 呼吸を知らない男──これは生まれてこの方「呼吸」というものを知らなかった人のお話。「そんな便利なものがあったなんて」と男は大変驚いたことでしょう。ずっと酸欠状態だったとしたら、胸が苦しくて頭がぼーっとするなんてレベルではないはずなのですが……。

148

不穏など忘れ――今何をしようとしていたか忘れてしまった、なんてど忘れはよくありますよね。忘れてしまうくらい些細なことなら問題ないのですが、地下室で手には包丁を持っているという状況で、いったい何をしようとしていたのでしょうか。今回のど忘れは、なんだかただごとではありません。思い出せても思い出せなくても、恐ろしい気がします。

150

リアルツイート――あなたは「つぶやく」という言葉を読んで、SNSに独り言を書いて投稿する様子を思い浮かべたかもしれません。しかし、この主人公は独り言を声に出してつぶやいただけでした。それなのにSNSにリプライ（返信）が来たということは、知らない誰かがこの人の声を盗み聞きしていたということです。数分前にSNSに投稿していたお店や景色の写真から居場所を特定して、すでに誰かが近くに来ているのかもしれません。楽しいことを共有できるSNSですが、使い方には十分注意が必要ですね。

152

指切り――あなたは、誰かのスマホをこっそり見てしまったことはありますか？

この男は、彼女の浮気を疑ってスマホの中を見ようと、彼女が寝ている間に指を借りて指紋認証のロックを解除したようです。しかしこのお話では、横になっている彼女が目を覚ますことはありませんでした。なぜなら彼は彼女を殺して指を切り離し、文字通り指を「借りた」から。なお、細胞が死んだ指では指紋認証はできないらしいので、変なことを考えないよう「指切り」してください。

154

財布のお札――「お札」には「おさつ」と「おふだ」の2種類の読み方があります。盗んだお財布にはたくさんの「おさつ」ではなく、たくさんの「おふだ」が入っていました。しかもそれは血の染み込んでいる呪いの「お札」だったのです。お金を盗むつもりだったのが、呪いまで自分のものになってしまいました。人のものを盗むことはいけないことです。このお話のようにとんでもないもので盗んでしまうかもしれません。

156

ゴーストインク――実は、この物語の文章は霊界の特別なインクを使って書かれています。幽霊の姿が見えないのと同じように、普通の人間にはこのインクで書かれた文字は見えないので、読むことはできないはずです。もしかすると、あな

たはあの文章が読めてしまったのではありませんか？　そうだとしたら、あなた
は霊が見えてしまう「例外」の人間なのかもしれません。これからも見えないはずのものが見えることがあるかもしれませんが、驚かずにそっとしておいてください。

158

原形なし——賞味期限が過ぎすぎて、元々の形状を想像できないくらいに原形がなくなってしまいました。賞味期限は確かに「美味しく食べられる期限」なので、少しくらい過ぎても健康に影響はありません。しかし、賞味期限を数年、数十年も過ぎて原形を留めていない食べ物は、さすがに口に入れない方がいいでしょう。

160

内側の手——曇った窓ガラスに指で文字や絵を書いて遊んだことはありませんか？　あの曇りは外と内の寒暖差によってできるもので、窓の内側だけが曇るのです。つまり外側からは手形はつけられないということ。近所の小学生が外からつけたものではなく、家の中に家族がいるわけでもありません。そのことに気づいた主人公が後ろを振り返ると……？

162 畑荒らし——

野生動物が畑の作物を荒らすのを防ぐために置く人形のカカシ。効果がなかったと主人公はぼやいていますが、実は畑荒らしを撃退するはずのカカシが犯人でした。このカカシは毎日夜になるとひとりでに動きだして、野菜をむしゃむしゃ食べ、すっかり太ってしまったようです。

164 ノックの音——

飲食店などのトイレに入って用を足している時、扉をノックされて急かされるのはあまり気持ちのいいものではありません。ですが、もしも自分以外誰もいない一人暮らしの家でトイレの扉をノックされたら……怒りよりも先に恐怖を感じるでしょう。この物語の主人公は、トイレの時間を邪魔されたことに怒って叫んでいますが、そもそも扉の向こうにいるのは何なんでしょうか……?

166 リアルサスペンス劇場——

サスペンスを題材とした演劇やドラマでは、事件が起きるシーンで血しぶきが上がることがあります。もちろん実際に刺されているわけではなく、血のりなどを使って演出しているのですが、このお話では血しぶきが上がった直後、慌てたように幕が下ろされました。この演劇には予定されてい

ないシーン、つまり本当の刺殺事件が起こってしまったのでした。

168

ポルターガイスト――家に帰ってきて部屋がぐちゃぐちゃになっていたら、普通は泥棒を疑いますよね。この物語の主人公も同じように考え、急いで防犯カメラの映像を見たようですが、そこに映っていたのは、誰もいない部屋で勝手飛び交う家具や物の数々。人が明確な目的を持って荒らすことより、目に見えない何かが理由もなく荒らすことの方が怖いかもしれませんね。

170

大きな領土問題――日本一の高さを誇る富士山は静岡県と山梨県の間に位置していますが、山頂付近は県境が定まっていないそうです。そのため古くから「富士山は何県か？」という論争が行われてきました。この物語の二人は、地球を宇宙人に占領されてしまった状況でも、富士山がどちらの県のものかで言い争っています。静岡と山梨の両県民にとって富士山がどちらのものなのかは、確かに大事なことです。しかし、地球が自分たちのものでなくなってしまったら、元も子もありませんね。

242

ゆき先不明――子どもの失踪事件が頻繁に起こっている街。消えた子どもたちの数と比例するように、街中には雪だるまが増えていきました。何者かが子どもたちを雪だるまに変えているのでしょうか。

天国へのリフト――一般的なゲレンデにあるリフトは、コースの頂上まで上がっていくと折り返して下っていくものです。しかしながら、降りそこねてしまった主人公を乗せたリフトは、下に向かわずどんどん上に進んでいってしまいます。降りそこねてしまった人を天高く運んでいってしまう、天国へのリフトだったのでした。

雨の正体――「バケツをひっくり返したような雨」というのはまとめて一度に降ってくる、強い雨のことを指します。バケツというのはあくまでも人間が想像したもののたとえです。ところが実際に、タライをひっくり返して雨を降らしている、と答える声が天から聞こえてきました。雲の上にはいったい何がいるのか……ちょっと不気味ですが、タライを使っていると考えてみると、強い雨の日も少しだけ楽しくなるかもしれません。

174

176

178

かくれん亡——二人でかくれんぼをしていたのに、「『もういいよ』」と二人の声が返ってきました。自分も含めると、そこに存在しているのは三人ということになります。どうやら一緒に遊んでいた友達以外に、もう一人、何者かが紛れ込んでいるようですね。早く友達を見つけて神社から逃げた方が良さそうです。

180

葬列——いつもの帰り道になぜか喪服を来た人の長蛇の列が。いったい何事かと思い、その列の先頭に来たところ、そこは自分の家の玄関でした。主人公はすでに死んでいるのでしょうか。それとも、この後に事故か病気によって死ぬことを予期してみんな待っているのか。どちらにしても怖いですね。

182

二人の母——彼女はこれまでお母さんだと思っていた人が、実は自分を誘拐した犯人だったことをテレビで知りました。本当のお母さんは、昨日まで一緒に生活していた人ではなく別のところにいたのです。確かに物心つく前に誘拐されて、それ以降優しく育ててもらっていたら、気づくタイミングはないかもしれません。

テレビデビュー——テレビで活躍するアイドルを夢見て芸能事務所のオーディションを受けた女。結果は残念ながら落選。この結果にショックを受けた彼女は、芸能事務所を恨み、あろうことか事務所を襲撃してしまいます。次の日、各局のニュース番組は「女が芸能事務所を襲撃」という話題でもちきり。夢見ていた形とはだいぶ違いますが、テレビで日本全国からの注目を集めることになったのでした。

184

未来からの忠告——五年後の未来の自分は、現在の自分に必死に忠告をしていますが、一向に聞き入れられません。実は未来の自分は死期が迫っていることを知ったから説教をしに来ていましたが、ある日、途中で力尽きて死んでしまったためパタリと来なくなったのでした。五年後の自分の努力も虚しく、現在の自分は変わらない未来に向かって進んでいくことになってしまうのです。

186

外れない占い——寿命を正確に言い当てる、と評判の占い師がいましたが、実は占いでもなんでもなく、予言した日付にお客さんを殺害しているだけでした。占いを正解にするためには手段を選ばない、非情な占い師だったのです。もはや占

188

いでも、予言でもなく、殺害予告ですから、占い師ではなく殺人鬼ですね。

190 **ゆるやかな死**——ある男がビルから飛び降りましたが、時間がゆっくり進み地面につくことができません。50年もの間、彼は迫りくる死の恐怖に震えているのです。

192 **男狼**——狼男といえば、満月を見ると狼に変身してしまう怪物。月へ移住した狼男は、ある意味常に月を見ていることになるわけで、普段から狼の姿でいることになってしまいました。反対に、人間の姿を取り戻せるのは地球から狼の姿を見ている時だけのようです。

194 **録怨**——警官が取り調べに使ったボイスレコーダーは、霊界の声まで録音できてしまう超高性能でした。声の正体は、犯人をひどく恨んでいる被害者だったのです。

196 **尽きない材料**——焼き鳥屋の秘密は、死んでも蘇る伝説の鳥である不死鳥を使っ

ていたことでした。焼き鳥の材料にしても何回でも蘇るため、材料費がかからず安く提供できるのです。罰当たりな焼き鳥屋ですね。

198 夜の行列——主人公が墓参りの列だと思ったのは、幽霊の行列でした。列を抜かした男には幽霊が見えていなかったので、「並んでますよ」と言った主人公は随分と怪しく映ったでしょう。

200 目——像の封印を解いてしまってから、身体が固まり動かなくなってしまった人の話。あやしい目に睨まれ、会話も食事もできないまま1年が経ってしまいました。

202 アドトラック——街にはポスターや映像など、たくさんの広告で溢れています。眼鏡の効果によって、広告でラッピングされた宣伝トラックは見えなくなってしまったのでした。

204 空気を読む——「空気が読めない」とは場の雰囲気に適した発言ができないこと

のたとえ。しかし空中の台詞を見た彼は、みんなが文字通り空気を読んで発言していたことに気づいたのでした。

206

芸人の性──ボタンを押してしまった大臣は、前職の職業病が出てしまったようです。お笑いのネタで「絶対に押すなよ」という台詞は、押すための前フリで使われますもんね。

208

タイミング──妙にタイミング良く届いた差出人不明の棺桶。同居人は自分が殺されることを予めわかっていたのでしょうか……。

54字の物語の作り方

前作『54字の物語 1』の巻末では、「54字の物語」の作り方のコツとして、次のような「普通の逆転」発想法を紹介しました。

（1）シチュエーションを決める
（2）普通の物語を考える
（3）普通じゃない状況を考える
（4）「なぜそうなったのか？」「何が起こったのか？」を考える
（5）文字数を気にせず書いてみる
（6）54字に調整する

今回は、テーマを掘り下げる発想法について紹介します。

（1） 物語のテーマを決める

「怖い話」「面白い話」「不思議な話」など、まずは物語のテーマ（大まかな方向性）を決めましょう。

（2） テーマに沿った自分の体験や映画・漫画などの作品を思い出す

たとえば「怖い話」をテーマにする場合は、「先生が急に怒って怖かった」「壁のシミが顔に見えて怖かった」など自分自身が体験して怖かった思い出や、『ジュラシック・パーク』『リング』など、今までに観た映画で怖いと感じたことを思い出してみましょう。面白い話をテーマにする場合は、面白かった自分の体験や作品を思い出してみてください。

（3）「なぜそう思ったのか?」を掘り下げよう

ここが一番大事なところです。（2）で挙げたことについて、「なぜ怖いと思ったのか?」「何が怖いのか?」を深く掘り下げて考えてみましょう。面白い話をテーマにする場合は、「なぜ面白いと思ったのか?」を考えてみてください。

たとえば、映画『ジュラシック・パーク』は簡単に言ってしまうと「人間が復活させた恐竜が人間を襲う」映画ですが、じっくり考えてみると、たくさんの「怖さ」が見つかります。「大きな生き物に襲われる怖さ」「人間が怪物を作り出してしまう怖さ」「欲に目がくらんだ人間の怖さ」「何かがじりじり近づいてくる怖さ」「鋭い牙や爪の怖さ」などです。

映画などの作品ではなくても、「先生が怒って怖かった」という体験も、よく考えてみると、「大きな声を出される怖さ」「自分の悪事がバレそうになる怖さ」「一方的に悪いと決めつけられる怖さ」「自分が正しいと信じている大人の怖さ」など、様々な種類の「怖さ」があることに気づきます。

（4）（3）で気づいたことをもとにテーマに沿った物語を書いてみる

この本のテーマは「怖さ」ですが、物語を書き始める前に、「怖さ」の種類を200個ほどリストアップするところから始めました。例えば、74ページの「注文の多いオウム」は多くのパニック映画でも描かれているような「高い知能を持つ生き物の怖さ」から。44ページの「知らない法律」は、映画『トゥルーマン・ショー』の「自分だけが知らないことの怖さ」から発想を得た物語です。

映画や漫画のストーリーをそのままマネしてしまうのはNGですが、その物語の「何に心を動かされたのか」を考え、発想を組み合わせることで、自分だけのオリジナルストーリーを作ることができるはずです。

（5）最後に物語を54字に調整して完成！

次の2つの基本ルールをふまえて、物語を54文字に調整したら、完成です。

① 文字数は54字ぴったりに収める（ただし例外もあり）

② 句読点やカギ括弧にも1マス使う（通常の作文では「！」「？」の後は1マス空けますが、54字の物語では空けません）

文字数を調整するために、句読点を使いすぎたりしないように注意しましょう。

ここで紹介した考え方は、ほんの一例です。作り方にとらわれず、まずは自由に考えてみてくださいね。

この次のページに「54字の物語」専用の原稿用紙を掲載しています。また、Webサイト（https://54ujign.com）からも作れます。ぜひ皆さんも挑戦して、「#54字の物語」をつけてSNSに投稿してみてください！

●作
氏田雄介（うじた　ゆうすけ）
平成元年、愛知県生まれ。企画作家。株式会社考え中代表。著書
に、1話54文字の超短編集「54字の物語」シリーズ（PHP研究所）、
世界最短の怪談集「10文字ホラー」シリーズ（星海社）、当たり
前のことを詩的な文体で綴った『あたりまえポエム』（講談社）、
迷惑行為をキャラクター化した『カサうしろに振るやつ絶滅しろ
ろ！』（小学館）など。「ツッコミかるた」や「ブレストカード」
など、ゲームの企画も手がける。

●絵
武田侑大（たけだ　ゆきひろ）
1994年、愛知県日進市出身。名古屋市立大学芸術工学部を卒業後、
フリーランスのイラストレーターとして活動中。サイエンスやテ
クノロジーといった分野を中心に、ユーモアを大切にしながら幅
広いタッチで書籍や広告、WEBメディアにイラストを多数提供
している。主な作品に『ゼロから理解するITテクノロジー図鑑』
（プレジデント社）、「54字の物語」シリーズ（PHP研究所）など
がある。

●デザイン
村山辰徳
協力／株式会社サンプラント　東郷　猛

●協力
小狐裕介、渋谷獏、高谷航、丹羽瑞季、長谷川哲士、日野原良行、水谷健吾、
村上武蔵、渡邊志門、ゴースト

本書は、2018年11月にPHP研究所から刊行された『意味がわかる
とゾクゾクする超短編小説　ゾク編　54字の物語　怪』に、新た
な作品を10編収録し、加筆・修正を行ない、改題したものです。

ＰＨＰ文芸文庫　　54字の物語　2
　　　　　　　　　　　　怪

2022年3月18日　第1版第1刷

作　　　氏　田　雄　介
絵　　　武　田　侑　大
発 行 者　永　田　貴　之
発 行 所　株式会社ＰＨＰ研究所
東 京 本 部　〒135-8137 江東区豊洲5-6-52
　　　　　　第三制作部 ☎03-3520-9620（編集）
　　　　　　普及部 ☎03-3520-9630（販売）
京 都 本 部　〒601-8411 京都市南区西九条北ノ内町11
PHP INTERFACE　　https://www.php.co.jp/

組　　版　朝日メディアインターナショナル株式会社
印 刷 所　図書印刷株式会社
製 本 所　東京美術紙工協業組合

PHPの本

みんなでつくる　意味がわかるとゾクゾクする超短編小説

54字の物語∞（エイト）

氏田雄介　編著／武田侑大　絵

クイズ番組でも大人気！　シリーズ第8巻は、これまでに「54字の文学賞」に寄せられた応募作27、000作の中から厳選！